KB071764

청어詩人選 123

숲에서 들리는 소리

김원호 시집

도서출판 청어

숲에서 들리는 소리

김원호 지음

발행처 · 도서출판 청어
발행인 · 이영철
영　업 · 이동호
홍　보 · 최윤영
기　획 · 천성래 | 김홍순 | 이용희
편　집 · 방세화 | 이서윤
디자인 · 김바라 | 서경아
제작부장 · 공병한
인　쇄 · 두리터

등　록 · 1999년 5월 3일(제22-1541호)

1판 1쇄 인쇄 · 2014년 2월 15일
1판 1쇄 발행 · 2014년 2월 25일

주소 · 서울 서초구 효령로55길 45-8
대표전화 · 586-0477
팩시밀리 · 586-0478

홈페이지 · www.chungeobook.com
E-mail · ppi20@hanmail.net
ISBN · 979-11-85482-10-1 (03810)

숲에서 들리는 소리

시인의 말

　두 번째 시집을 상재하고 일곱 해만에 세 번째 시집 『숲길 따라』를 발표했다. 여섯 해만에 다시 네 번째 시집을 상재한다. 돈도 안 되는 일에 심혈을 기울이는지는 본인도 모른다. 어쩌면 내면세계에서 꿈틀거리는 끼의 발산이 아닌가 하는 생각을 한다.

　꿀벌은 그들의 언어인 춤추기와 더듬이로 먹이의 위치와 거리 그리고 꿀의 종류를 상대에게 알려준다고 한다. 시인은 언어의 마술사라고 했다. 시인은 은유라는 어법으로 시를 쓴다. 감상하는 일은 독자의 몫이라고 말은 하지만 시가 너무 어려워 접근하기 힘들다는 말을 주위에서 자주 듣는다. 시인도 다른 시인이 쓴 시를 감상하다가, 때로는 상상의 나래를 활짝 펴고도 이해를 못해 고개를 갸우뚱할 때가 가끔 있다.

시가 시인끼리만이 나누는 특이한 언어는 아니지 않은가? 어떻게 하면 독자에게 쉽게 다가가 공감하고 사랑받는 시가 될 수 있을까 하는 문제를 많이 생각하면서 시를 지었다. 부끄러움이 없지는 않지만 용기를 내어 설익은 과일을 세상에 내 놓는다.

남태령 전원마을에서
김원호(金源鎬)

차례

시인의 말 • 4

1 빛과 그림자

2 마지막 정리

1
빛과 그림자

어둠이 있기에 빛은
제 몫을 하지요

계곡이 깊은 만큼
산이 더 높듯이

허상(虛像)

허상 따라 눈비 맞고
때로는 된서리까지 맞으며
지켜온 오늘

눈을 감아도
쫓아오고
따라가야 하는 그림자

모순의 물결 속에
춤을 추며
내일의 실상을 쫓아

선녀가 하늘을 나는
야무진 꿈이 있어
수놓고 있는 따스한 햇살 무늬

시골 장터

목이 버티기엔
버거운 짐
머리에 이고

자박자박 발자국 소리
장마당 찾아
새벽을 가른다

푸성귀 몇 단으로
길가에 전(廛)을 벌리고
땡볕에 까맣게 그을린 얼굴, 얼굴들

목구멍으로 감겨 넘어가는
몇 가닥의 장터국수
꿀맛으로 허기를 달랜다

땅거미 동무 삼아 집으로 가는 길
빈 광주리엔 지친 아기 울음소리
노을 따라 함께 걷는다

탱탱하게 불은 야자열매 두 개
발자국 옮길 때마다
가슴에서 출렁이는 사랑의 춤

장맛비 속에서 겸손과 비움을 배우다

긴 장마철에 눅눅해진
마음의 문을 열고 싶으면
우산 하나 손에 들고
산이나 들로 나갈 일이다

들녘에는 초록바다의 물결
이는 바람에 모두 고개 숙이고
나뭇잎에 방울진 빗물은
고개 숙여 땅으로 떨어뜨리고

다시 곧게 선 나뭇가지
비움을 가르친다

은평구 진관사 내시들의 묘역에선
한세상 치열하게 살아보니
부귀영화도 별것 아니더라고
후회는 앞서는 법이 없으니
바르게 살라고
바르게 살다오라고
빗속에서 내시들의 아우성이 빗발친다

자화상

멀리 가까이 산들이 타들어간다
활활 타는 불 속에 내가 있다

가을이 속절없이 깊어간다, 아니
추운 겨울이 다가오는 발자국 소리

내년 봄을 위한 마지막 향연
아름다움의 극치가 아니던가

바람 따라 사방으로 번지는 저 불길
짙게 단풍이 든
한 그루의 나무가 된
내가 나를 보는 눈빛

인연 끊기

이슬 맺힌 거미줄은
손바닥으로
쓰윽 끊고

미움이 마음에서 일렁이고
끝없는 욕심이 솟구치면
두 손 모아 기도로 끊고

덜렁덜렁 매달린 실밥
가위로 싹둑싹둑
잘라버리세

뼛속까지 뻗쳐있는
질긴 인연일랑
펜치로 딱딱 끊어 버리세

끊겨진 인연들은 모두 모아
바람에 훨훨
날려 버리고

항아리 속으로 꼭꼭 숨어버려
아가리를 통하여 보이는 만큼만
하늘을 보며 살고 싶은 나머지 인생

눈 덮인 휴전선

눈이 속 깊이 울고 있네
휴전선
잘린 허리가 시리다고

언 발 동동 구르며
치켜보는 병사의 눈빛
추위만큼이나 차갑네

눈 덮인 산과 하천
이 땅의 슬픔이
푸른 달빛 타고 말없이 흐르네

몰아치는 눈 위 바람에
산이 찌르릉 찌르릉 울고
강도 쩍쩍 갈라지며 울고 있네

겨울이 가면
봄이 온다는데
언제나 오려나
우리의 봄은

빛과 그림자

어둠이 있기에 빛은
제 몫을 하지요

계곡이 깊은 만큼
산이 더 높듯이

어둠이 짙을수록 빛은
더 밝게 보이지요

걸어온 가시밭길
뾰족한 가시 끝마다

맺힌 핏방울
햇살에 반짝입니다

세월에 밀려

새 둥지로 자식들 떠나고
둘만의 빈집

누운 마음 일으켜
힘찬 날갯짓으로 푸른 하늘을 날게나
당신의 가벼운 깃털이 되어줄게

힘들면 날개 접고
눈감은 채 편히 기대게나
튼튼한 어깨로 받쳐줄게

좋아하는 당신의 꽃
빽빽하게 심어보소
내 마음 밭, 텅 비워놓을게

그대 외로울 땐
말벗이 되어
그대 따르는 그림자가 되어 줄게

지평선에 지는 붉은 노을 바라보면서

잡은 손과 손에 전해오는 따뜻한 체온
마음과 마음이 하나일세

노을 지고 어둠 깔리면
짝 잃을 외기러기
누가 먼저 별이 될까

가는 세월, 길을 막고 싶네

그대가 나를 사랑한다 해도

으스름달밤에
비단옷 몸에 걸치고
홀로 길을 걷는다

길 위에 달빛 넘쳐흐르고
외로움이 목을 외로 꼰 채
훌쩍거린다

당신 곁에 있어도
막을 길 없이
밀려오는 외로움

그대 그림자 뉘울
집 한 채 예쁘게 짓고
소리 없이 자장가나 불러야지

봉숭아에게

너는 너고
나는 나라는 것을 알았다면
우리 사이 깊고 넓은 강은 없었을 거야

네 가슴에 묻힌 내가
답답하듯이
너도 숨을 쉴 수 없었겠지

이제 읽을 수 있는
네 마음의 둥지
우리, 다른 갈 길을 가자

붉은 꽃술이
바람에
날리기 전에

옛사람

카네이션 꽃 한 아름 안은 소녀는
붉게 타는 노을을 머리에 이고
말없이 수평선 넘어가네

청포도 속살을
뒤집어 씹어도
단맛은 짧게 원을 그리고

일렁이는 파고 속에
쏟아지는 별들도 순간의 춤사위로
돌아가는 길목에 서네

추스리기도 힘들어
오늘의 내 바다는
바람에 마냥 밀려가기만 하네

바람 따라가세

솜털도 가시지 않았네
어리디어려 솜털이 보송보송한
칡뿌리 싹

입가에 물고 있는 노란색
하늘을 향해 머리를 꼿꼿이 치켜들고
여름만 바라보며 맨발로 줄달음치더니

덩굴손이 가로와 세로로 짠 멍석 크기도 하다
뱀이 산돼지 몸을 조이고
겁먹은 눈앞에서 혀를 날름거린다

덩굴손이 휘감은 나무
숨쉬기조차 힘겨워
가슴만 들먹이고 있네

가는 세월을 어쩌겠는가
세월의 등에 밀려
바람 따라가세나

고백성사

지은 죄
얼기설기 얽힌 칡덤불
찾지 못하는 가닥

의무를 소홀히 한 죄
불우이웃 외면한 죄
부부싸움 한 죄

죄명이 줄줄이 기다려도
말문이 닫혀
눈만 깜박이고 있지요

경대(經帶) 위에 두 무릎 꿇고
경건한 사제 앞에서
속죄의 참회를 합니다

눈물 먹고 사는 참회
머리가 맑아지고
마음은 새털이 되어 창공을 납니다

꿈의 기둥

세월이 시간을 쓸어가 버리나
빨갛게 쌓여가는 번갯불
빠르게 흐른다, 나

되돌아보면
허옇게 푸석이는 뼈
잡아보면 별 것 아닌

무지개따라
꿈의 집 짓는다

허무의 기둥에
꿈의 뼈 세운다

사랑의 노래

네 인연으로 내가 여기 머무는 게냐
내 인연으로 네가 여기 머무는 게냐
너와 내가 이렇게 한자리에 있음은
하늘이 마련해준 연이려니
명절 전날 아기마냥 잠을 설치고
각 지방 사투리 범벅이 된 채
대림역에 구름같이 모여들었네
때때옷 입고 동심으로 돌아간 이들
얼굴에는 천진스런 웃음꽃이 활짝 피고
웃는 얼굴이 웃는 얼굴을 보고 또 웃어
웃음바다엔 예쁜 해당화가 피네
오! 아름다운 60대여
불러보는 사랑의 노래

길을 잃은 그대여

듣지 말아야 했을 나쁜 소식
귓가에서 돌고 돕니다

어제는 흐릿하게 시야를 가리더니
오늘은 먹구름이 햇볕마저 가로막네

희망의 끈을 놓은 채
질펀하게 누워 상념에 젖어있군

하늘이 무너져도 솟아날 구멍은 있네
꿈의 끈을 꼭 잡고 있게나

길을 잃은 그대여
찾아보게나, 또 다른 길을

두드리면 문은 열릴걸세

수첩에서 지워야 하는 이름

지난여름 빗소리가
후드득후드득 요란도 하더니

이 가을 수없이
떨어지는 낙엽소리

올 겨울 하얀 눈
봉분 위에 소복이 쌓이겠지

오는 봄, 붉은 꽃
고목의 가지마다 봄소식 전하겠지

포물선 그리며
내 별이 떨어질 때 궁금한

남은 별들의 표정

2
마지막 정리

기차가 온 힘을 다해
마지막 기적을 울리며
가파른 언덕을
힘겹게 올라갑니다

어느 광부의 손

노동에 시달린 아버지의 손
굵은 뼈마디마다 고통이 서려있고
피멍이 든 손바닥은 애환의 역사

석탄가루와 땀으로 뒤범벅이 된 얼굴
환하게 웃는 백옥같은 이 사이로
꿈이 보인다

먹물들인 시커먼 손 가족 살아갈 길 뚫고
유학길 나선 자식들 학비까지 책임진
세상에서 가장 아름다운 손

진폐증을 안고서도
가족에게 보내는
마지막 당부의 손짓은
천사의 날갯짓

막장인생의 손바닥엔
진흙탕 물 위에서 피는
소담한 연꽃이 오늘도 피고 집니다

어머니, 길을 찾습니다

쉽게 말은 할 수 있어도
실천하는 데는 더듬거려야 하는
사랑과 용서

당신의 바다 속보다도 깊은 마음
태산 같이 높은 뜻을
헤아리지 못하는 어리석음

용서하려는 마음 앞에
오기(傲氣)가 길을 막아
가던 길을 되돌아가야 하고

베풀려는 사랑조차
욕심과 이기심이 눈을 가려
계산기를 두드립니다

당신이 힘겹게 걸어온 길
길을 잃고 방황하는 못난 아들
지금도 길가에서 서성이고 있습니다

사모곡

봄이 가고 또 오고
칠십여 년을 뼛속에서 키워온
내 마음의 전나무

목구멍에
슬픔이 울컥울컥
강물 되어 흐르네

당신은 늘 배가 곯아도
너 먹어라 너 먹어라
빈속 채워주시던 어머니

언제 되새겨 보아도
새록새록 피어나는
당신의 가없는 깊은 사랑

언제 불러 봐도
가슴 아린 이름
영원한 나의 어머니

평택시 서정리 장마당

흙먼지 날리던 거리
새 옷, 아스팔트를 입고
번쩍이는 자랑이 한창이다

추운 겨울날에는 더 그리워지는
막걸리 사발가에 묻었던
아버지 엄지손가락 지문

등짐무게를 감당하기 힘든 열두 살의 소년
견디지 못해 목을 앞으로 길게 늘이고
산길 따라 타박타박 백리 행상길

더듬이 잃은 울 아버지와 형들
피멍이든 어린 어깨에 기댄 채
형틀에 꼭꼭 묶여 움직일 수 없는 손과 발

후벼 판 전쟁의 상처가 아물 즈음
구부러진 허리 펴보니
아름다운 저녁노을이
앞을 막고 다가선다

더 갈 곳이 없다고

우리 아버지

살이 빠져 광대뼈가 돋보이던
늘그막의 얼굴이 세월이란 이름하에
제게서 피어납니다

화를 참지 못하는 불같은 성품
교양이란 이름하에
가슴 깊은 곳에서 들끓고 있습니다

입은 은혜는 돌에 색이고
베푼 은덕은 흘러가는 물에 색이라고 했는데
넘쳐흐르던 당신의 공치사(功致辭)

당신의 손자도
과일나무같이 해거리*를 했나 봅니다
빼어나게 닮았습니다

화사한 벚꽃은
금년에도 내년에도 아니 영원히
유전이란 이름하에 자자손손 피어갈 겁니다

*해거리: 한 해를 거름, 또는 그런 간격

피붙이들에게

가지마다
휘어지게
매달린 붉은 감

얽힌 이야기 나목(裸木)이 되어
길 위에 줄줄이 누워있어
발 디딜 틈도 없네

열매만을 원하는 피붙이들
시도 때도 모른 채 여름에도
시린 손을 염치없이 벌리고

바람이 세차게 부는 날
늙은 감나무 우는소리
앞산에 메아리 쳐

이젠 되돌아오는 메아리
들릴 듯 말 듯
가슴만 쿵쿵 칩니다

어느 노인의 일기

얼굴이 떠오르면
이름이 소스라쳐 달아나고
이름이 다가오면, 찾을 길 없는 얼굴
계속되는 숨바꼭질

뜨거운 것, 찬 것만 만나면
무조건반사로 콧물이 비치고
냄새 맡는 감각 잃어가는
늙은 사냥개

매미가 맴 맴 맴
봄, 가을, 겨울 없이
귓가에 매달린 채
철없이 울어 대고

거미줄이 무서운 하루살이
눈앞에서
부들부들 떨며
날갯짓이 한창이다

개똥밭에 굴러도 이승이 좋다고
못내 놓지 못하는
삶의 끈
어느 늙은이의 하루

섣달 그믐날

뒤뜰 앙상한 나뭇가지
깍깍 울던 까치 소리
반가운 손님 기다리던 어머니

손주의 발걸음 소리
동구 밖 개 짖는 소리에 행여 섞여있을까
귀 기울이던 어머니

봉분 위에 소복이 쌓인 흰 눈
벙어리 되어 할 말 잃은 어머니
티 없이 웃던 당신이
사무치게 그리운 오늘입니다

가뭄에 불타는 대지

노모의 넉넉한 품 노고산
깊게 패인 주름마다 감춰진 선물
찾는 이에게만 주는 계절 특산물

족두리 꽃, 연록의 이파리, 짙은 밤꽃 향기
바싹 말라붙은 젖무덤까지 보여주나니
마음도 시커멓게 타들어 갑니다

하늘이여! 단비를 내려주소서
푸석이는 먼지 속에
대지의 눈물이 고입니다

부모님 전상서

전을 부치면서도
동구 밖을 향해
기다림의
긴 목을 늘리시던
어머니

젯상에 올릴 밤을 까면서도
손주 녀석 만날 생각에
젖어 계시던
아버지

저녁노을이 아름답게 느껴지고
명절의 설렘이 사라져갑니다
꿈과 사랑
이젠 당신 곁으로 갈 시간이 다가옵니다

지난 길을 되돌아보니
모두가 가는 길이 다를 뿐
목적지는 같은 곳임을
이제야 알 듯 합니다

당신의 눈 속에서 크고
당신의 품속에서 자란
못난 이 아들, 차디찬 산소 앞에서

눈물 그렁그렁 인사 올립니다

임종을 앞둔 사돈께 드리는 답글

당신이 보내준 서글픈 편지
눈물을 꾹꾹 찍어
답글을 씁니다

가슴 속 깊은 곳에서
치밀어 오르는 슬픔
이를 악물고 참습니다

사돈관계는 껄끄러운 법인데
지난 십여 년은 매끄러웠지요
당신의 사랑과 이해의 힘이었습니다

삶과 죽음의 갈림 길에서
고통받고 있는 당신에게
답글을 어떻게 써야 위안이 되는지요

강물처럼 밀려오는 슬픔
가슴은 먹먹한 채 참고 참아도
눈가에 맺히는 이슬은 어쩌지요

빈 하늘에 띄우는 편지
-타계한 이순기 님을 그리며

이글 기념식수
바닷바람에
이파리가 떨고 있어

2010년 2월 1일 김수래 이글
말레이시아 포트딕슨 5번홀
동반자: 이순기, 양인자, 이찬우

그대가 지나간 발자국마다
가득히 서려있는
빛바랜 추억들

소리쳐 불러봐도
들을 수 없는 그대 목소리
허공에 묻혀 버리고

이젠 하늘에 반짝이는 별
만날 길이 없어
그리움만 하얗게 쌓여가고

오늘도 부칠 수 없는 편지
연에 매달아
빈 하늘에 띄워 봅니다

마지막 정리

기차가 온 힘을 다해
마지막 기적을 울리며
가파른 언덕을 힘겹게 올라갑니다

내뿜는 하얀 연기가 하늘을 뒤덮고
죽은 자의 옷가지들이 타고 있는 동구 밖
그곳에도 피어나는 흰 연기

언덕 너머에는 말없는 종착역
검은 옷 저승사자와 함께 기다리는데
사진첩에서 빛바랜 사진들을 한 장씩 넘겨봅니다

종착역에 도착하기 전
기차 안에서까지 할 일들이
겹겹이 쌓여갑니다

하늘이여, 당신은

장대비가 또 쏟아지네
거북이 보고 놀란 가슴
솥뚜껑 보고 기겁을 하네

엎친 데 덮치는 격
수해복구에 땀이 비 오듯이 흐르는데
억수로 쏟아지는 빗물

앳된 병사들이 비를 맞으며
당신이 주신 달갑지 않은 선물 받으러
총 대신 삽을 들고 출동을 합니다

비야
더 내려라
이판사판이다

삽으로 하늘을 찔러
실 구멍이라도 내겠소
폭우가 더 쏟아지겠지요

아픔의 피가 흐르는 모습이
당신의 눈에는
보이지 않는가 봅니다

임을 보낸 빈자리에서
–김수환 추기경을 추모하며

사랑과 나눔
말하기는 쉬워도
실천하기는 어려운 말

임은 미소를 머금은 채
그늘진 곳 찾아 어두움을 밝혀주는
촛불이었습니다

임의 질박한 인간미는
욕망으로 얼룩진 세상
씻어주는 소금이었습니다

임의 가벼운 발걸음
짙은 안개를 거두는
아침 햇살이었습니다

마지막 가시는 길
앞 못 보는 이에게 나눠주신 밝은 빛
진정한 사랑의 꽃이었습니다

큰 별을 잃은 슬픔
교파(敎派)를 떠나 우리 모두는
사심 없이 어깨를 들먹입니다

임의 발자취마다 싱그러운 향기
어두운 구석구석을 채워주고
멀리 번져갑니다

우리 집, 겨울

눈을 머금은 시커먼 구름
찬바람이 세차게 몰고 와
온 마을을 하얗게 물들였네

태백산과 덕유산의 눈꽃송이
뜰에 옮겨져
자태를 뽐내는 상고대*

마음 밭에 불을 지펴
상고대가 되고 싶은 어제는
예고 없이 그렇게 가버리고

펼쳐진 하얀 세계
하얗게 새하얗게
마음을 비워야지

*상고대: 나무나 풀에 내려 눈처럼 된 서리

3
그대 곁에
있어도

꽃술을 자랑하는
오월 어느 날
허기진 마음
외로움으로 밀려오네

천사의 꿈

눈 맞추면 웃음꽃 핀 얼굴
손에 손잡은 정다운 발걸음
꿈길을 열어 주고

하늘이 맺어준 인연
푸른 하늘을 훨훨 날던 한 쌍의 천사
꿈속을 헤매다가

외로운 날개 접고
꽃밭에 사뿐히 앉아
주고받는 잔잔한 사랑의 미소

새벽녘의 아름다운 꿈자리

고스톱을 치면서

너와 함께라면
온 세상 쓰레기
하얗게 덮어버리는
눈이어서 좋고
텅 빈 가슴을 적셔주는
가랑비여서 좋다

산모퉁이를 돌아가면서
흔들던 아쉬움의 손짓을
잊을 수 있어 좋고
생의 고개를 넘을 때마다
살갗을 찢어내던
아픔을 잊을 수 있어 좋다

밤을 하얗게 누벼도
밤이 가는 건지
내가 가는 건지
새벽은 오고
또 밤이 줄달음 쳐오네
시간 속에 녹아 있는 사람
지나치는 세월을 누가 알겠나

평창의 힘

하계에서 동계올림픽까지
월드컵축구, 세계육상선수권
다섯 번째로 이룬 4대 그랜드슬램의 쾌거

작은 거인, 코리아
태극기가 지구촌 곳곳에서
당차게 펄럭인다

두 번의 실패를 딛고
다시 일어선 평창의 힘
손과 발바닥으로 쓴 역사

네 모습이
더 아름다워
굽힘이 없는 투지와 끈기

꽃 피는 봄부터 된서리 내리는 늦가을까지
쉬지 않고 피고 지는 무궁화여
가지마다 주렁주렁 매달린 꽃

눈가에 맺힌 이슬보다 더 반짝이네
다가오는 소득 삼만 불 시대
닫힌 마음의 문 활짝 열고

우리 함께 가자, 평창의 힘으로

그대 곁에 있어도

꽃술을 자랑하는
오월 어느 날
허기진 마음 외로움으로 밀려오네

겉모습은 보잘 것 없어도
쥐똥나무꽃처럼
향이 사방으로 번지는 벗

깊은 곳에 감춰놓고
남의 눈에 띌까 봐
마음 졸이게 하는 친구

안주머니 속에 간직하고
보고 싶을 때마다 혼자서
거울에 비춰볼 수 있는

그런 친구 하나
가슴에 묻어두고 싶다
쓸쓸한 날
마음에 장미꽃이 피어나듯

편안한 사람

신을 신으면 발이 편안한
구두 같은 사람

옷을 입으면 몸에 꼭 맞는
맞춤복이 되고

똑똑하고 애교가 넘쳐흘러
잘 버무려진 겉절이

혜성 같이 나타났다가
긴 꼬리 여운만 남긴 채
유성으로 사라진 사람

짧은 만남에 마지막 흔들던
여린 손길이 지워지지 않은 채
눈에 매달려 사라질 기미가 없네

응어리져가는 아쉬움

꽃제비, 진혁이의 꿈

한반도에서 세상의
첫 빛을 본 진혁이는
대한민국이 그리워

지척에 둔 꿈의 대지를 찾아
다른 나라의 낯선 산을 넘고 물을 건너
후미진 곳과 깊은 밤에만 활동한 검은 고양이

에돌아 온갖 고생 끝에 찾은
중간 기착지는
난생 처음 만난 타일랜드 한국대사관

오토바이 타고 오이와 고기를 실컷 먹고
커서는 경찰이 되고 싶다는
일곱 살 배기의 소박한 꿈

포근하게 감싸주어
네 꿈을 이룰 수 있는
조국의 넓은 품이 기다리고 있다

훗날 한 알의 소금이 되고
한 자루의 촛불이 될 수 있도록
곱게 곱게 피어나거라, 이 땅에서

조국의 아들, 꽃제비 진혁아

노년의 애환

소나무 사이에 이는 바람에
흰 눈이
햇볕 아래 여문 소금처럼
반짝반짝 빛나며
봄맞이 준비에 시간이 없어

염색한 머리 밑동에는
새치도 아닌 흰 머리칼이
뾰족이 나와 아우성이다

계절도 모르고 봄을 기다리는
철부지들
저승길 가는 길에

병상에 누워
짧게 깎인 네 흰 머리칼이
봄소식 아닌 이승 떠나는
꽃상여 소식이려니

젊은 토끼들이여

불붙은 마른 장작
활활 타들어 간다

불똥이 탁탁 튀며
불꽃이 세상을 환하게 비춘다

젊은이여
통나무를 넣어라

불꽃이 사그라들지 않게
하얀 토끼 빨간 눈동자에
사랑의 불꽃이 인다

잔디에 농약을 뿌리고

잡초 뽑아주면
하늘을 향해 시원하다고
잔디가 짓는 예쁜 미소

봄부터 가을까지
고양이풀, 바랭이, 쇠비름
잡초와의 전쟁

잃어가는 건강에
20여 년의 옹고집 꺾고
무자비하게 뿌린 농약, 잔디로

누렇게
얼굴색이 변한 잔디
몸살이 한창이고

숨이 막힌 땅 속의 지렁이
흙 퍼올려
잔디 위에 모래성 쌓기에 해 가는 줄 모른다

삼천리금수강산
홀로 지켜야 하는
의무도 없는데

늙은이가 지키기에는
버거운
친환경의 삶이려니

지하철 인생

비가 오면
한 마리의 두더지가 되어
땅 속으로 기어들어 간다

천적이 앞을 가로 막으면
왼쪽으로 방향을 틀고
홍수가 밀려오면 바른 쪽으로 가는
전철로 바꾸어 타고

지렁이, 개구리 먹잇감이 보이면
사정없이 앞으로 가고

인생살이 구비마다 긴 터널
뒤돌아보니 한 없이 짧기만 하구나

종착역, 땅 위에서 기다리는
눈부신 햇살이여

양심을 팔며 사는 사람들

휘발유 뿌리고
불을 확 댕겨

에어컨 바람이
껑충 껑충 뛰다가
뙤약볕 아래 힘없이 눕는다

진실은 감추고
변명으로 다리를 놓는
마지막 우리의 자존심
상처에 소금까지 뿌리네

치솟는 분노의 불길
되돌려 받은 찌꺼기 양심
강물에 슬픔이 일렁거린다

아름다운 60대 전국모임

흐드러지게 핀 꽃잎
하늘하늘 춤을 추는
우리들의 놀이터

너와 내가 숨을 쉬는 하늘 밑
다름이야 뭐가 있겠냐마는
궁금해서 벗고 벗기는 우리들의 가면놀이

깡충 치마에 목이 긴 구두
몸을 틀어
내뿜는 삭힌 향기

전국의 외로움과 그리움
모두 불러다 놓고 벌리는
진오기 굿판

서산으로 지는 해 잡아 놓고
하늘을
벌겋게 달구고 있다

애야, 첫사랑보다도
고목에 핀 꽃이 아름답단다

뜨겁게 달아오른 가슴
꽁꽁 얼어붙은 입술
눈빛으로만 말하는 사랑

바람으로 아쉽게
지나간
사랑의 조각들을 만져본다

가보지 못한 천당과 지옥을 모르듯
노인의 깊은 사랑을 아는가
젊은이들이여

지아비 잃은 외기러기
가슴에 움트는
풋풋한 사랑

재물만 보지 말고
조심스럽게 살펴보렴
고목에 피는 꽃의 아름다움을

빈들

이양기의 몸을 빌려
실뿌리 땅 냄새 맡고
낮에는 햇살
밤에는 이슬 먹으며 자랐네

병충해는 농약이 막아주고
물은 양수기가 공급해주어
모진 비바람과 폭풍우에도
꿋꿋하게 견뎌 온 세월

가을엔 바람 따라
우리끼리 몸 비비며
황금물결의 춤
세월 가는 줄 몰랐네

콤바인이 지나간
빈들
허수아비의 애잔한 춤사위
쓸쓸한 바람이 밀려오는 겨울 나들이

어머니처럼 그대도

소백산 철쭉 사이에서
붉은 꽃잎으로 피어나
담담히 웃고 있는 그대

성모님 앞에 두 무릎 꿇고
묵주알 하나씩
마음으로 밀어낸다

못 말리는 두 남자
가슴에 가두고
웃음의 회초리를 치는 당신

담배 끊기

니코틴을 들이키면
기관지의 까만 얼굴이 일그러지며
손을 내젓는다

피우기를 중단하면
실핏줄이 모두 막혀
구름 위에서 들리는 북소리

살을 깎는 아픔이
하현달을 만들어
흐트러지게 하고

끝이 보이지 않는 터널의 저쪽
상현달을 쳐다보며
다시 뛰어본다

4
어디 가느냐고
묻지 말게나

흔들리는 노래
소리소리 질러보면
내가 걸어온 길

강원도의 봄

흰 눈을 머리에 인
대청봉과 울산바위

땅 위엔 아지랑이의 향연
노오란 산수유와 개나리

우윳빛 가슴을 드러낸 목련
겨울과 여름이 함께 숨을 쉬는
여기가 알프스가 아니던가

벚꽃망울이 가지마다 송그리고
소리 없이 봄이 익어가는
연어 마을, 남대천 뚝방길

꽃 속에서 피어나는
화사한 여인의 웃음이 보인다

슬로우 시티, 청산도

헤어지기 아쉬워
마음속으로 나누는 눈인사
떠나보내야 하는 청산도

푸른 바다 하얗게 부서지며
뱃길 따라 멀리 점점으로 사라지는 너
이어지는 석별의 손짓인 포말

너를 두고 떠나는 마음
몸은 떠나도
머릿속에 그리움으로 남아있을 너

달팽이 같이 느리디느린 걸음으로
옛 모습 그대로
내 유년의 꿈을 키워주렴
다시 찾아올 때까지

서해대교

당진 꽃게를 찾아
친구들과 웃음꽃 피우며
서해대교를 지난다

새로운 다리를 놓으려
피와 땀이 부린 기술에
화들짝 놀란 두 눈 슬며시 감는다

옛 생각은 물 위에 어려
물질을 해대지만
단 몇 분에 뛰어넘은 물길 이십 리

서해대교는 친구의 얼굴
걸어온 내 나이다

파고다 타운

한물간 가수가 낡은 마이크 잡고
피맺힌 옛 노래에 매달려
흐느끼고

흐릿한 불빛 아래
씻지 못한 욕망
흐느적거린다

밤하늘에 반짝이는 별이 되는 날
나는 말하리라
물안개 짙은 호숫가를 서성일 때가

그래도 아름다웠다고

원곡동 다문화거리

꿈을 한 아름 안고
별빛 따라 찾아온
희망의 땅, 코리아

눈동자에 새겨진
고향산천이 그립고
그리운 사람들이 아른거립니다

등에 진 짐이 때로는 버거워도
내일의 풍성한 열매를 생각하며
꿈을 포기하지 마십시오

힘들었던 어제를 우리가
아름다운 추억으로 되새김하듯이
그대들의 꿈이 이루어지는 날

당신들과 우리
모두가
함께하는 염원입니다

진부령 황태덕장

사람들이 지어준 이름은
명태, 동태, 생태, 북어, 코다리, 황태이구요
내 새끼는 노가리라고 합니다

성(性)은
대구목으로 대구과(大口科)죠
고향은 멀고 먼 베링해협입니다

눈 많고 세차게 바람 부는 덕장
비닐 끈에 대동 대롱 나무 기둥에 매달린 채
몸이 얼었다 녹기를 되풀이하며

길고 긴 설악의 겨울 보내고
따스한 봄바람에 부풀어 오른 내 몸뚱이
당신 미각에 맞추기 위한 겨우내 몸부림이었지요

죽어서까지 자식에게
한 몸을 바치는
어머니의 삶이 배어 있습니다

아침 청석교 시장 풍경
–중국 사천성에서

미나리, 양파, 배추까지도
하얗게 벗겨져
안개 속에 속살을 드러내놓고
아침 손님을 기다린다

황소개구리, 자라, 뱀들도
끼리끼리 가둔 채
다시 못 올 내일을 모르고
몸들만 비벼댄다

자연으로 돌아가는 날
찢겨지고 부스러져
상처가 보이는
죽음의 예행연습

어디 가느냐고 묻지 말게나

묻기에
문학기행 간다고
꽃길 따라 나 여기 머물어

소주잔 털어
목구멍 적시고
들썩이는 몸뚱이

이 산의 산배나무
저 산의 조팝나무
가슴 활짝 열어 잡아주네

흔들리는 노래
소리소리 질러보면
내가 걸어온 길

다시 꽃향 울릴까

술 취한 나무
−아르헨티나 탱고의 거리 보카 지역

낮술에 취해
얼굴이 붉어진 나무
길가에서 얼굴 가리고

탱고 리듬에 맞추어
작은 손도 크게 벌려
몸을 흐느적거린다

길가에서 낙엽처럼 뒹구는
아르헨티나의 자존심
아스팔트에 녹아내리고

저 세상의 에비타와 페론
대지에 두 다리 세우고
숨을, 오늘도 멈추지 않네

계림기행
−중국 관암동굴

굴속에 뱃길이 열려
손전등은
암벽의 세월을 확인케 하고

종유석은 물 위에
거꾸로 서서
더덩실 춤을 춘다

다섯 가지 물감이
동굴의 얼굴을 비추니
꿈의 궁전이구나

자연과
사람의 손길이 만든
조화의 극치이어라

바이칼 호수

고요를 삼켜버린 바이칼은
멀리 뻗어 바다 같은 호수를 이루고

물안개 속 헤치며 작은 배 하나
미끄러지듯 수평선을 넘는다

수수만년 아무 말 없이
넓고 깊은 길 흘러온 너는
어머니 품

그 품에 싸여
단잠에 들겠네
태고의 빛 바이칼이여

신비의 나라, 말레이시아

태초에 잃어버린 봄, 가을, 겨울
틀니를 박은 여름 나라

물에 물 탄 듯 술에 술탄 듯
바람이 다니는 틀니 사이

계절 따라 피는 꽃이 다르듯이
맺는 열매도 다르네

없는 것 같아도 숨어 있고
있는 것 같아도 없는 계절의 경계선

피부색은 검어도 탐(貪)이 없어
마음속이 하얀 사람들

여름만 있는 신비의 나라
말레이시아

사이판 마나가하 섬

천연 동굴 안에서 몸이 묶인 채
한 눈을 감고 방아쇠만 당긴다

갈 곳을 잃은 병사들은 꽃잎이 되어
만세 절벽에 몸을 날린다

푸른 바다에 눈이 시려 원혼은
갈매기 등에 얹힌 채 남태평양을 떠돌다가

녹슨 군함의 물고기 떼가 되어
어릴 적 고향 하늘, 한반도를 그린다

한 뼘 남의 땅에 욕심이 없었던 조선의 학도병
위령탑만이 쓸쓸히 바다를 지킨다

아직도 일본은 헛소리만을 되뇌고 있는데

날은 새고
−인도의 타지마할 가는 길에

잠을 앗아간 여신도의
경전을 읽는 카랑 카랑한 목소리는
삼경의 하늘을 수놓고

그녀의 간절한 소망은
나그네의 텅 빈 마음에도
애잔하게 밀려들고

목화 나무 빨간 꽃에 앉아
짖어대는 까마귀 소리도
독경이 되어 아침을 열어주고

어린 소년의 흐느적거리는 목놀림
어설픈 아리랑의 연주 소리
인도의 아침이 포옥 익어간다

잉카의 호수

페루 잉카는 파아란 잉크 물을
호수에 풀어 놓고
태고의 안데스
깊은 숨을 들이 마신다

하늘도 파랗게 갇혀
흰 구름이 부르는 노래

긴 잠을 자는 만년설
정상에 박힌 채
움직일 줄 모르고

잉카와 스페인 병사의
쫓고 쫓기는 기마병의 말굽 소리
지금도 계곡을 흔든다

꾸스꼬 평원
―페루 마추픽추 가는 길

안데스의 만년설에는 미라가
깊은 잠결에도
단단히 동여매는 구름띠

멍석을 깔아 놓은 듯
푸르름이 물결치는
감자꽃들의 행렬

푸른 바다에
하얗게 피어난 목화꽃 송이
구름바다가 춤을 춘다

양 옆에 두 날개 달고
나, 신선이 되어
구름 속을 날고 있다

라사의 하늘 아래서
−티베트 다라이라마

헐벗은 절벽산 계곡에
점점이 쌓인 모래는
양이 물어다 놓았다 해서
라사라 한다네

한낮 모래비는
눈을 감겨오고
발목을 조여 오나
가시보라 꽃만이 땅을 지키고

목 쉰 야크마저도
푸른 하늘 쳐다보며
조국의 자유
울음을 삼킨다

드높이
날개 편 독수리
두고 온 산하를 돌아보며
젖은 날개 접는다

복 받은 내 하늘 아래서
여기까지 걸어온 나의 발걸음
척박한 티베트를 딛고

나, 여기서 뛰고 있다

그 땅의 슬픔
-캄보디아

가난이 슬픔으로 밀려온다
씨아누크, 론놀, 폴폿, 훈쎈
누가 땅바닥에 엎지른 물이기에
저리도 황토색이 짙게 튀는가

먼지 짙은 한낮의 길
맞은편 전조등이 깜빡이고
길섶 부처님 얼굴에 찍은
붉은 연지 곤지

건기에 메기가
논바닥에서 퍼뜩 퍼뜩 튀듯
야무진 내일의 꿈은 잊었는가
캄보디아의 가슴앓이

5
숲에서
들리는 소리

숲으로 돌아갈 시간
짙은 노을 속에서
낭랑하게 들리는
숲의 노랫소리

천리향

아기자기한 꽃봉오리
빨간 입술을 터뜨리면

팝콘이 열꽃을 이기지 못하고
톡톡 튀듯

흰색으로 뒤집혀 내뿜는 향기
정원에 가득하다

잎사귀는 거무죽죽 동해(凍害)의 흔적
구비마다 어금니 굳게 물고
눈비 맞으며 견뎌 온
인고의 지난 세월

입맛을 끌어내는 묵은 김치
모든 사람의 사랑을 받는
곰삭은 새우젓
세상을 굽어보는

고목이 보이네

천리향 분재의 천형

섬진강 가에서 자란 천리향 나무
어렵사리 끌고 와
분재로 붙박아 놓고

철삿줄로 꽁꽁 묶어
주릿대에 매달아 주리를 틀고
곁가지도 싹둑싹둑 잘라버려

앙살 한 번 못하고
몸을 맡긴 채
숨죽이고 사는 종갓집 맏며느리

털끝만 건드려도
뒤집히는
오늘의 이웃들

말 못하는 천리향 나무야
독재자이더냐
참말로 네 주인은

밤꽃 향기의 슬픔

뒷산에
흐드러지게 핀
밤꽃

마을 골목길을 꽉 메운 밤꽃 향기
여름 노래 부르며
길따라 걸어가고

땅거미는 짙어 오는데
맞이해줄 사람 없어
향기만 허공에 날리네

달이 중천에 있고
향이 은하수 되어 흐르는데
더 무엇을 기다리는가 그대는

하늘에 띄우는 편지

깊어가는 가을에는 누구에겐가 편지를 쓰고 싶다
부치지 못할 편지인 것을 알면서도

책갈피 속에서 오랫동안 숨을 쉬고 있던
샛노란 은행잎 하나 넣은 편지를 보내고 싶다
갈림길에서 나를 버리고 다른 선택을 한 여자

어느 하늘 아래서
흰 머리카락이 바람에 흩날리는 할머니가 됐을
곱디고왔던 소녀에게 편지를 쓰고 싶다

살아 있을까 아니면 저승에서
또 다른 남자와 정답게 어깨를 나란히 하고 걷고
있을까

수신인이 없는 편지, 꾹꾹 눌러서 쓴 편지를 붉은
우체통에 넣어 본다
이 가을이 가기 전에

나비와의 대화

영평사 나비는 탐욕에 빠진 중생
날개를 접었다 폈다
이 꽃에서 저 꽃으로

꿀만 모으면 됐지
뿌리까지 뒤흔들어 놓고
마침표가 없는 날갯짓

구절초 향에 흠뻑 취한 나그네
한 마리 나비가 되어
방향 잃은 더듬이 꽃 속을 헤매

구절초 아홉 마디마다 품어내는 향
비워 낸 마음 밭
이 가을이 속절없이 깊어만 가네

달맞이꽃

노란 잎 오므려 진종일 땀 흘리며
마음의 문, 닫고 있음은
그대를 맞이하기 위해서입니다

아침부터 해질 때까지
삶의 악취와 상처가 싫어
긴 목을 틀며 무작정 해님을 따라가기는 싫습니다

으스름달밤이면 고단한 발길로 오실 그대
발소리만 들어도
함박웃음이 피어납니다

여울물이 조약돌에 부딪쳐
우는 소리를 듣고 있는 나는
이 밤 샛노랗게 다시 피어납니다

숲에서 들리는 소리

산소마스크 끼고
가쁜 숨을 몰아쉴 때
공기의 고마움을 느끼듯이

숲으로 돌아갈 시간
짙은 노을 속에서
낭랑하게 들리는
숲의 노랫소리

목수에게는 목재를
아픈 사람에게는 약재를
배고픈 이에게는 먹거리를
풀과 나무가 베푸는 보시

갖고 싶은 이들에게 갖고 싶은 만큼
한 아름씩 안겨주는 숲의 넉넉함
숲의 품에 안기면
어머니의 가없는 정에 담긴다

설악, 그 저녁별

마지막, 눈에 담아갈 설악
말기 암을 앓는 그 여인의 소원대로
눈빛 새겨 넣은 단풍 보러 가네

미시령은 온통 붉게 젖어
검게 탄 내 마음에도
어쩔 수 없는 연기가 매케하네

영(嶺)을 넘지 못한
구름산맥, 어깨가 들먹이고
천상의 저녁별은

개똥밭이라도 땅에 닿고 싶어
시간을 불러 세우네, 그려

처음처럼

눈꽃송이 1

살을 에는 칼바람과
휘몰아치는 눈보라 속에만
생명선이 이어지는
눈꽃송이의 숙명

활짝 핀 목화송이보다
희디흰
하늘을 향한 몸부림

가슴 드러낸 벚꽃이 봄의 전령이라면
벌 나비 없는 눈꽃송이는
추운 겨울의 화신

따스한 겨울 햇볕에 힘없이 녹아내려
이루지 못한
젊음의 풋풋한 사랑

마음에 담아 두었던
첫사랑의 흔적
하얗게 색깔이 변한 채

수북하게 눈이 쌓인 빈 장독대

눈꽃송이 2

햇볕에 금세
녹아내릴지라도

이파리 모두 떨어낸
앙상한 가지 위에

가슴 시린 한 송이
눈꽃이고 싶다

인생의 종착역은 다가오는데

겨울을 재촉하는
애환 머금은 가을비가
어둠을 뚫고 내립니다

나뭇잎이 곱게 물든 채
생을 마감하듯이 친구들이
하나 둘 저 세상 도착을 알리고

저승행 대합실에는 환자별로
모여 있는 이들
가지 않겠다고 손사래를 친다

외투 깃 치켜세우고
모자를 푹 뒤집어 쓴 채
다가올 칼바람을 맞이하세

아지랑이 아롱거리는 봄은
어김없이 올 테니까

마지막 단풍

단풍놀이꾼들은 모두 남쪽으로
발걸음을 옮겼는데

남산의 한적한 그늘
늦잔치가 한창이다

가슴에 맺힌 한풀이라도 하듯이
은행나무는 샛노랗게

단풍나무는 붉디붉은 울림으로
마지막을 수놓는다

솟구치는 몸의 신열은 언제쯤 잦아들까
갈 길은 아직도 먼데
발바닥엔 물집이 꽈리같이 부풀어있다

겨울로 가는 길

나무가 낙엽을 버린 것인가
낙엽이 나무를 버린 것인가

봄을 맞기 위한 몸짓
생각 없이 훌훌 털어버렸나

어둠이 오기 전
노을은 짙은데

길 잃은 길손
환하게 밝혀줄 등 하나
나무에 매달아놓고

우리 어깨동무하고
달맞이나 하러 가세

장맛비 1

하늘에 구멍이 났소
장대비가 봇물처럼 쏟아져
한반도가 휘청거립니다

시퍼렇게 멍든 농심
채소, 과일값이 하늘 높은 줄 몰라
가벼워진 도시사람들의 장바구니

번개가 하늘을 쩍쩍 가르고
천둥이 치면 죄 많은 인생
가슴을 쓸어내립니다

가슴도 휑하게 뚫렸소
추억의 조각들이
길가에 널브러집니다

반짝반짝 빛나고 있는 녀석
부끄러워 얼굴을 가리는 녀석

뒤엉켜 따라 옵니다

장맛비 2

해는 구름에 얼굴 가리고
구름 지나면 맨 얼굴 되어
지상에 따가운 햇볕 쏟아 붓고

달구어진 지구촌
밤까지 풀무질이 한창이다

뜬금없이 나타난 비구름
여우비가 감질나게 놀리기도 하고
때로는 양동이에 물 쏟아 붓듯이

부어버린 물
지상은 물바다가 되어
몸살이 한창이다

종잡을 수 없는 하늘의 뜻
헤쳐나가기가 힘든
밀려오는 파도

세월이 가면 하늘의 뜻도 변하겠지

시련의 계절아
어서 가거라

코스모스 꽃잎이 태극기와 함께
바람에 하늘거리는
기다리는 가을이여

종심소욕(從心所欲) 자유인의 인생백서

손해일(시인·문학박사·한국현대시인협회 이사장)

1. 들어가는 말

김원호 선생(이하 김 시인)의 시집 『숲에서 들리는 소리』의 출간을 진심으로 축하드린다. 이번 시집의 작품세계를 한마디로 규정하기는 어렵지만 '종심소욕 자유인의 인생백서' 라 할 만하다. 다소 현학적인 표현이 되었지만 1939년생으로 현재 75세인 김 시인이 70여 년 인생을 시로 은유한 자전적 내용이 많기 때문이다.

예로부터 나이 칠십은 '인생 칠십 고래희(古來稀)' 라 하여 드물고도 귀한 경사 중의 경사였다. 그러나 단군 이래 최대의 번영을 구가하는 요즘 대한민국은 100세 시대를 바라보는 추세라 70대는 한창 때나 다름없다.

특히 김 시인은 70대 중반을 넘어섰는데도 10여 년은 젊어 보이는 건장한 체구에 혈색 좋은 호남형으로 지덕체를 겸비한 복인이라 할 수 있다. 물론 성인군자가 아닌 이상 결점이나 그 연배 한국 남자로서 가부장적 기질, 가족 간의 애환도 없지는 않을 것이다. 그럼에도 학창시절 유도선수 출신이라니 체격, 체력은 당연지사고, 천주교신자로서 겸손하게 남을 먼저 배려하고 봉사하며 1남 2녀의 자녀도 훌륭하게 양육한 덕인이요, 늦깎이 등단에도 이미 수필집과 시집을 몇 권째 상재한 지성인이기 때문이다.

김 시인과 필자와의 만남은 서초문인협회 회원으로서 그리 오래되진 않았다. 그럼에도 한국문인협회 회원, 국제펜클럽 한국본부의 같은 회원은 물론이요, 지덕체를 겸비한 호남으로서 매력이 넘치는 분이라는 게 중평이다. 그의 작품에 사람 소재가 많은 것은 김 시인이 그만큼 인간 중심적이라는 것과 진솔한 성품의 소유자임을 반증한다.

공자께서는 일찍이 '吾十有五而志于學(오십유오이지우학), 三十而立(삼십이립), 四十而不惑(사십이불혹), 五十而知天命(오십이천명), 六十而耳順(육십이이순), 七十而從心所欲 不踰矩(칠십이종심소욕 불유구)' 라 하셨다. 풀이하면 공자님이 말씀하기를 '나는 열다섯에 배움에 뜻을 두었고, 서른에 자립하였다. 마흔에는 미혹되지 않았고, 쉰에 하늘의 뜻을 알았다. 예순에 귀가 순조롭게 되었으며,

일흔에는 마음 내키는 대로 좇아도 법도를 넘어서지 않게 되었다' 는 뜻이다.

평범한 우리가 공자님처럼 따르기는 어렵지만 흔히 삶의 지표로서 자주 인용되는 문구다. 김시 인의 이력을 참고로 10년 단위로 끊어보면 작품에 등장하는 일상의 모습들이 이와 비슷한 경로를 거치지 않았나 생각된다. 70줄에 상재하는 이번 시집 역시 '종심소욕 불유구' 의 경지라 본다.

문학작품의 이해와 비평은 작가와 작품과 독자의 삼각구도에서 비평의 역점을 어디에 둘 것인가에 따라 달라진다. 신문학 이래 우리나라의 문학사조는 크게 형식주의와 역사주의 비평, 소위 순수문학과 참여문학이 대립 또는 공존이었다. 작가나 독자와 상관없이 독립된 작품 그 자체를 중시하는 방법론이 소위 러시아 형식주의나 미국의 신비평가들이 주창하는 형식주의비평이다.

이에 반해 '글이 곧 사람' 이라는 명제 아래 작가의 사상과 전기, 시대 배경 등의 유기적 관련 아래 작품을 보는 쪽이 역사주의 비평이다. 김 시인의 이번 시집도 '김원호' 라는 자연인에 대한 성찰 없이 작품만을 논한다면 공허한 평설이 될 것이다. 아울러 매스컴에 뜨는 영화와 드라마의 시청률이나 관람객수, 독자수로 작품 평가의 기준을 삼는 방법론이 '독자반응비평' 이다.

이처럼 작품의 가치나 작품성은 어디에 기준을 두는가에 따라 달라진다. 과거 천만 관객을 넘어선 14편의 한국영화나 최근에도 관객 천만 관객을 돌파해 인기를 끌고 있는 한 법조 영화도 있다. 그러나 잠시의 인기도나 흥행 위주의 대중예술일수록 독자수, 관람객이 많은 것을 감안하면 이런 것이 꼭 불후의 명작이라 할 순 없다. 작품해설에 앞서 김 시인에 대한 성품이나 주변 가족사를 거론하는 연유도 작품에 대한 독자의 이해를 돕기 위해서이다.

실례일지 모르나 본인의 얘기를 참고로 김 시인의 인생역정을 잠시 살펴본다. 1939년 경기도 평택 칠원리에서 태어난 김 시인은 우리의 70대가 그렇듯 일제 말, 해방공간의 혼란기, 6·25동란, 4·19혁명, 5·16 등 근대사의 격동기를 거치며 고려대 경제학과를 졸업했다. 그 후 42세까지 16년간은 타임지 UPA 한국지사, 일성신약주식회사 무역부장 등으로 직장생활을 했고, 42세부터 50세까지 8년간은 개인사업으로 무역업을 했다.

김 시인은 50대 지천명에 들어서자 '자기 나름의 행복과 자아 찾기'로 샐러리맨과 사업가의 길을 과감히 청산하고 더 늦기 전에 본격 여행가로서 자유인의 길을 택했다. 그 결실이 『매혹의 나라 신비의 사람들』이라는 여행서와 이번 시집에 보이는 여러 편의 기행시들이다.

순수문학과 참삶에 대한 김 시인의 갈구는 60세의 늦깎이로 문학시대(시대문학)에 시집 『안경을 찾습니다』로 등단하기에 이른다. 『매혹의 나라 신비의 사람들』, 『고스톱』, 『촌놈』 등 수필집도 3권을 펴냈다.

2. 종심소욕 자유인의 자아성찰과 고독

이제 서두에서 살펴본 몇 가지 개인사와 비평의 전제를 바탕
으로 이번 시집의 작품세계를 살펴본다.

> 기차가 온 힘을 다해
> 마지막 기적을 울리며
> 가파른 언덕을 힘겹게 올라갑니다
>
> 내뿜는 하얀 연기가 하늘을 뒤덮고
> 죽은 자의 옷가지들이 타고 있는 동구 밖
> 그곳에도 피어나는 흰 연기
>
> 언덕 너머에는 말없는 종착역
> 검은 옷 저승사자와 함께 기다리는데
> 사진첩에서 빛바랜 사진들을 한 장씩 넘겨봅니다
>
> 종착역에 도착하기 전
> 기차 안에서까지 할 일들이
> 겹겹이 쌓여갑니다
>
> ―「마지막 정리」 전문

「마지막 정리」는 열심히 자기 나름대로 생을 충실히 꾸려온 70

대의 김 시인이 인생의 종착역을 향해가는 열차 승객으로서의 심경을 여실히 드러낸 작품이다.

공자는 인생 칠십을 '종심소욕 불유구' 라 했지만, 인생의 종착역을 향하는 화자(話者)의 심경은 느긋함보다는 아쉬움이 커서 지나온 생을 되돌아보고 남은 생을 더 값지게 살겠다는 다짐이 크다.

생의 종착역을 향해 가파른 언덕을 힘겹게 올라가는 증기기관차. 디젤기관차도, 전동차도, 첨단 KTX나 자기부상열차도 아닌 '칙칙폭폭! 뛰이!' 기적 소리 요란해도 느리기만 한 재래식 석탄열차의 모습이다. 동구 밖엔 먼저 간 이들의 옷가지들이 흰 연기로 탄다. 종착역에 닿기 전에 빛바랜 사진첩을 꺼내보니, 가는 기차 안에서 마무리할 일들이 겹겹이 쌓였다는 고백이다. 아마도 김 시인이 이번 시집과 산문집 등을 출간하는 연유도 종착역에 닿기 전에 삶의 족적을 더하고 싶기 때문일 것이다.

　　지은 죄
　　얼기설기 얽힌 칡덤불
　　찾지 못하는 가닥

　　의무를 소홀히 한 죄
　　불우이웃 외면한 죄
　　부부싸움 한 죄

　　죄명이 줄줄이 기다려도

말문이 닫혀
눈만 깜박이고 있지요

경대(經帶) 위에 두 무릎 꿇고
경건한 사제 앞에서
속죄의 참회를 합니다

눈물 먹고 사는 참회
머리가 맑아지고
마음은 새털이 되어 창공을 납니다

　　　－「고백성사」 전문

　'고백성사'는 천주교 신자들이 신부 앞에서 양심을 고백하는
의례절차다. 성경에 의하면 우리는 아담과 이브의 원죄로 낙원
을 추방당한 죄인들이다. 예수님께서 십자가의 보혈로 인간의
죄를 대속하고 부활로 하나님의 아들임을 증명하였다. 그러나
어디 김 시인 뿐인가. 나약한 우리 인간은 부지불식간에 또 얼마
나 많은 죄를 짓고 사는가. 이 작품「고백성사」역시 얽힌 칡넝쿨
처럼 가닥을 찾지 못할 정도로 많은 죄를 지었다는 한 인간의 고
백과 경건한 사제 앞에서 참회하는 모습이다.
　공개적으로 자신의 약점과 속마음을 드러내는 건 쉽지 않으며
용기를 필요로 하는 일이다. 종교가 다르다 해도 '믿음, 소망, 사

랑' 성서의 가르침대로라면 우리 일상이 죄 아닌 것이 없을 정도다. 그러나 눈물로 죄를 고백하고 나면 마음이 맑아지고 새 힘이 솟는다. 나약한 인간이지만 김 시인처럼 '의무소홀, 불우이웃 외면, 부부싸움' 등 우리도 일상에서 부지불식간에 지은 죄의 고백을 통해 거듭나는 것 아닌가. 자식이 아무리 죄를 지어도 부모는 훈계와 함께 용서 할 수밖에 없는 게 천륜이요, 자식 사랑이다. 천주교나 기독교에서 하나님이 화목제로 독생자 예수를 이 땅에 보내서 대속하시고 회개하면 우리 죄를 용서하시는 것도 그런 뜻 아니겠는가.

멀리 가까이 산들이 타들어간다
활활 타는 불 속에 내가 있다

가을이 속절없이 깊어간다, 아니
추운 겨울이 다가오는 발자국 소리

내년 봄을 위한 마지막 향연
아름다움의 극치가 아니던가

바람 따라 사방으로 번지는 저 불길
짙게 단풍이 든
한 그루의 나무가 된
내가 나를 보는 눈빛

-「자화상」 전문

　　우리 인생을 사계절에 비유할 때 70줄의 인생은 활활 타는 가을에 속한다. 희망의 봄, 무성한 여름을 보내고 속절없이 맞은 그 가을 속에 있는 화자는 인생의 종막인 추운 겨울 발자국 소리를 듣는다. 서정주 선생과 윤동주 선생의 「자화상」도 있지만 누구에게나 자아성찰은 의미가 깊다. 위의 시 「자화상」은 짙게 단풍 든 가을 불길 속에서 한 그루 단풍 든 나무로 선 자신을 자신이 보고 있다. 봄을 위한 마지막 향연, 인생의 끝자락을 행복하고 보람 있게 살고 싶다는 화자의 바람이 짙다. 남은 인생을 잘 마감하기 위한 정리로 고백성사를 하고 자신을 되돌아 보며 보람된 삶을 추구하는 김 시인의 염원이 담긴 작품이다.

　　　　허상 따라 눈비 맞고
　　　　때로는 된서리까지 맞으며
　　　　지켜온 오늘

　　　　눈을 감아도
　　　　쫓아오고
　　　　따라가야 하는 그림자

　　　　모순의 물결 속에
　　　　춤을 추며

내일의 실상을 쫓아

선녀가 하늘을 나는
야무진 꿈이 있어
수놓고 있는 따스한 햇살 무늬

-「허상」 전문

　「허상」은 김 시인 뿐만 아니라 우리 인간이 돈, 명예, 쾌락, 부귀
등 온갖 희로애락을 꿈꾸며 살아온 세월들이다. 죽고 나면 인생
은 한갓 꿈이요 실체가 없는 그림자들이다. 그럼에도 '우리 인간
은 무엇을 위해 아등바등하고 미워하고 시기 질투하며 허상을 위
해 인생을 낭비하는가' 하는 자성의 메시지이다.

긴 장마철에 눅눅해진
마음의 문을 열고 싶으면
우산 하나 손에 들고
산이나 들로 나갈 일이다

들녘에는 초록바다의 물결
이는 바람에 모두 고개 숙이고
나뭇잎에 방울진 빗물은
고개 숙여 땅으로 떨어뜨리고

다시 곧게 선 나뭇가지
비움을 가르친다

은평구 진관사 내시들의 묘역에선
한세상 치열하게 살아보니
부귀영화도 별것 아니더라고
후회는 앞서는 법이 없으니
바르게 살라고
바르게 살다오라고
빗속에서 내시들의 아우성이 빗발친다

－「장맛비 속에서 겸손과 비움을 배우다」 전문

　장맛비 속에서 화자는 우산 하나 들고 산책을 나선다. 세찬 비바람에 나무가 휘고 흔들리고 요동치지만 비가 그치면 나무는 바로 선다. 중심만 똑똑하다면 온갖 풍파로 굴곡진 우리 인생도 바로 설 수 있다. 마음에 중심이 하나면 충(忠)이요, 둘이면 환(患)이다. 서울시 은평구 북한산자락 진관사 인근에 내시 즉, 환관(宦官)들의 묘역이 있다.

　비록 거세를 당해 일반인처럼 성생활을 즐기진 못했지만 궁중에서의 호화로운 생은 분에 넘쳤을 것이다. 그로 인한 일가 친족들의 부귀영화는 말할 것도 없을 것이다. 그러나 한세상 치열하게 살아보면 부귀영화도 별 것 아니요, 헛된 꿈일 뿐이라고 죽은 내 시들이 무언으로 말해준다. 그러니 일상을 바르고 진실하게 겸손하며, 사람답게 잘 살다 오라고 가르친다는 내용이다.

겨울을 재촉하는
애환 머금은 가을비가
어둠을 뚫고 내립니다

나뭇잎이 곱게 물든 채
생을 마감하듯이 친구들이
하나 둘 저 세상 도착을 알리고

저승행 대합실에는 환자별로
모여 있는 이들
가지 않겠다고 손사래를 친다

외투 깃 치켜세우고
모자를 푹 뒤집어 쓴 채
다가올 칼바람을 맞이하세

아지랑이 아롱거리는 봄은
어김없이 올 테니까

－「인생의 종착역은 다가오는데」 전문

소나무 사이에 이는 바람에

흰 눈이
햇볕 아래 여문 소금처럼
반짝반짝 빛나며
봄맞이 준비에 시간이 없어

염색한 머리 밑동에는
새치도 아닌 흰 머리칼이
뾰족이 나와 아우성이다

계절도 모르고 봄을 기다리는
철부지들
저승길 가는 길에

병상에 누워
짧게 깎인 네 흰 머리칼이
봄소식 아닌 이승 떠나는
꽃상여 소식이려니

–「노년의 애환」 전문

　「인생의 종착역은 다가오는데」는 나이 든 친구들이 하나둘 생
을 마감하고, 남은 자들이 저승행 종착역의 열차를 기다리는 대
합실 풍경을 그리고 있다. 가지 않겠다고 손사래 쳐도 어쩔 수 없
는 생의 종국이지만 굳세게 칼바람을 맞으며 준비하자는 다짐이다.
　「노년의 애환」에서는 망(望) 팔십 노인의 애환을 노래하고 있다.

소나무 사이로 흰 눈이 반짝반짝 녹으며 봄맞이에 여념이 없다. 그러나 염색한 머리칼 밑동에 박힌 백발은 지나온 세월의 흔적이라 어쩔 수 없다. 병상에서 하나 둘 저승길로 떠나는 친구들을 보며 화자는 인생의 무상함을 느낀다.

얼굴이 떠오르면
이름이 소스라쳐 달아나고
이름이 다가오면, 찾을 길 없는 얼굴
계속되는 숨바꼭질

뜨거운 것, 찬 것만 만나면
무조건반사로 콧물이 비치고
냄새 맡는 감각 잃어가는
늙은 사냥개

매미가 맴 맴 맴
봄, 가을, 겨울 없이
귓가에 매달린 채
철없이 울어 대고

거미줄이 무서운 하루살이
눈앞에서
부들부들 떨며
날갯짓이 한창이다
개똥밭에 굴러도 이승이 좋다고

못내 놓지 못하는
삶의 끈
어느 늙은이의 하루

　－「어느 노인의 일기」 전문

으스름달밤에
비단옷 몸에 걸치고
홀로 길을 걷는다

길 위에 달빛 넘쳐흐르고
외로움이 목을 외로 꼰 채
훌쩍거린다

당신 곁에 있어도
막을 길 없이
밀려오는 외로움

그대 그림자 뉘울
집 한 채 예쁘게 짓고
소리 없이 자장가나 불러야지

　－「그대가 나를 사랑한다 해도」 전문

「어느 노인의 일기」에서는 건망증이나 치매 증상으로 사람 이름과 얼굴을 깜빡깜빡 잊는 노인의 안타까운 일상을 그리고 있다. 그러나 '개똥에 굴러도 이승이 좋다' 는 속담처럼 놓지 못하는 삶의 끈, 살아 있다는 그 자체가 축복 아닌가.

「그대가 나를 사랑한다 해도」에서는 금의야행(錦衣夜行)하는 어리석음을 고백한다. 비단옷은 금의환향의 상징일 텐데 으스름달밤에 비단옷을 입고 걷는 일은 아무도 알아주지 않는 쓸데없는 일인데도 혼자 자랑스럽게 하는 것과 같다. 아마도 노년의 어리석음과 생래적 외로움 때문일 것이다. 그대가 늘 곁에 있어도 그대가 그립다거나, 달콤했던 옛사랑의 추억 때문일지도 모른다. 나이를 먹는데 대한 허망함, 생의 종착역을 향해가는 노년의 초조함 등 복합적인 심리일 것이다.

새 둥지로 자식들 떠나고
둘만의 빈집

누운 마음 일으켜
힘찬 날갯짓으로 푸른 하늘을 날게나
당신의 가벼운 깃털이 되어줄게

힘들면 날개 접고
눈감은 채 편히 기대게나
튼튼한 어깨로 받쳐줄게

좋아하는 당신의 꽃
빽빽하게 심어보소
내 마음 밭, 텅 비워놓을게
그대 외로울 땐
말벗이 되어
그대 따르는 그림자가 되어 줄게

지평선에 지는 붉은 노을 바라보면서
잡은 손과 손에 전해오는 따뜻한 체온
마음과 마음이 하나일세

노을 지고 어둠 깔리면
짝 잃을 외기러기
누가 먼저 별이 될까

가는 세월, 길을 막고 싶네

−「세월에 밀려」 전문

　「세월에 밀려」는 잘 키워 장성한 자녀들을 짝 지어 출가시키고
둘만 남아 적적한 빈집에 남은 노부부의 적막감과 사랑을 말하
고 있다. 수십 년 고락을 함께 한 노년의 조강지처에게 바치는
'김원호판 사랑노래' 라 할 만하다. 앞으로도 애환을 같이하고
서로를 위로하며 노후의 행복을 찾겠다는 다짐이다.

아내가 힘들 때 기댈 수 있도록 '당신의 가벼운 깃털이 되고, 말벗이 되고, 그대 따르는 그림자가 되어' 한마음으로 살기를 염원한다. 그러나 누군가 먼저 세상 떠나 짝 잃은 외기러기 될 일도 걱정하며 가는 세월을 막고 싶다는 의지의 표현이다. 서울 방배동 풍광 좋은 산자락의 전원주택에서의 돈독한 아내사랑이 생활인으로서, 수필가, 시인으로서도 좋은 작품을 쓰는 원동력이 아닐까.

여기서 일일이 작품을 다 언급할 수는 없지만 「우리 집, 겨울」은 김 시인의 전원생활 겨울 풍경이다.

「하늘이여, 당신은」은 몇 년 전 우면산 산사태로 수해를 입은 정황을 그린 시다. 「고스톱을 치면서」는 친구들과 고스톱 치는 재미는 '세상 쓰레기 덮는 하얀 눈, 가슴 적셔 주는 가랑비, 생의 고비를 넘을 때 아픔을 잊게 해주는 시간의 약'이다. 「담배 끊기」는 담배 끊기에 고심하면서도 버리지 못하는 애연가의 담배예찬론이다. 실제 김 시인은 고스톱 관련 수필집을 낸 바 있고, 애연가이기도 하다.

「얘야, 첫사랑보다도 고목에 핀 꽃이 더 아름답단다」는 젊은 이의 사랑 못지않은 노인의 사랑을 예찬하고 있다. 「사랑의 노래」는 대림역 어딘가에 주기적으로 모이는 60대 친구들과의 즐거운 만남을 그리고 있다. 노년의 고독과 무료함을 고스톱, 친구들, 여행, 등산과 담배로 달래는 김 시인의 일상을 엿볼 수 있는 작품들이다.

3. 굴곡진 가족사와 인생의 편린들

김 시인의 이번 시집에서 자주 등장하는 주제의 하나가 고향과 가족사에 대한 회고담이다. 아버지, 어머니, 부모님 호칭으로 등장하기도 하지만 특히 어머니에 대한 추억과 그리움의 짙은 정서를 토로하고 있다.

동서양을 막론하고 '어머니' 는 문학과 예술의 영원한 테마이다. 모성은 생육의 상징이며, 생명을 잉태하고 기르고 자유롭게 하는 포근한 본향이기 때문이다. 「사모곡」, 「어머니, 길을 찾습니다」 「섣달 그믐날」은 돌아가신 어머니에 대한 사무친 그리움의 시들이다. 「부모님 전상서」, 「우리 아버지」, 「평택시 서정리 장마당」은 고난의 시절 김 시인의 고향인 평택시 서정리 추억과 아버지에 대한 기억들이다.

봄이 가고 또 오고
칠십여 년을 뼛속에서 키워온
내 마음의 전나무

목구멍에

슬픔이 울컥울컥
강물 되어 흐르네

당신은 늘 배가 곯아도
너 먹어라 너 먹어라
빈속 채워주시던 어머니

언제 되새겨 보아도
새록새록 피어나는
당신의 가없는 깊은 사랑

언제 불러 봐도
가슴 아린 이름
영원한 나의 어머니

-「사모곡」 전문

    어머니는 김 시인이 70여 년을 뼛속 깊이 간직하고 키워 온 마음속의 전나무이다. 일제에 수탈당하고 6·25의 폐허 속에서 세계 최빈국의 하나였던 대한민국. 과거엔 세끼는커녕 굶기를 밥 먹듯 하면서 초근목피로 연명하던 보릿고개 춘궁기도 있었다. 가난한 농촌의 어린 시절, 당신은 배를 곯아도 어린 자식 거두기에 여념 없던 지극한 모성, 어머니의 희생과 따뜻한 사랑이 있었기에 고통도 희망이 되었던 시절이다. 추억은 팔순을 바라보는 나이에도 화자는 어머니 생각만 하면 울컥울컥 목이 메는 어린애로 돌아간다. 이것은 당시 고단한 한국의 현실에서 김 시인에게만 국한된 이야기는 아닐 것이다.

쉽게 말은 할 수 있어도
실천하는 데는 더듬거려야 하는
사랑과 용서

당신의 바다 속보다도 깊은 마음
태산 같이 높은 뜻을
헤아리지 못하는 어리석음

용서하려는 마음 앞에
오기(傲氣)가 길을 막아
가던 길을 되돌아가야 하고
베풀려는 사랑조차
욕심과 이기심이 눈을 가려
계산기를 두드립니다

당신이 힘겹게 걸어온 길
길을 잃고 방황하는 못난 아들
지금도 길가에서 서성이고 있습니다

－「어머니, 길을 찾습니다」 전문

뒤뜰 앙상한 나뭇가지
깍깍 울던 까치 소리
반가운 손님 기다리던 어머니

손주의 발자국 소리
동구 밖 개 짖는 소리에 행여 섞여있을까
귀 기울이던 어머니

봉분 위에 소복이 쌓인 흰 눈
벙어리 되어 할 말 잃은 어머니
티 없이 웃던 당신이
사무치게 그리운 오늘입니다

–「섣달 그믐날」 전문

「어머니, 길을 찾습니다」는 사랑과 용서와 희생을 몸으로 가르
치시던 어머님의 뜻을 저버리고 사랑과 용서를 실천함에 앞서 베
풀려는 사랑도 오기와 계산이 앞서는 나약하고 못난 자신을 질책
하는 글이다.

「섣달 그믐날」은 그런 어머님이 생전에 섣달이나 명절에나 찾
아오는 금쪽같은 손주들을 애틋이 기다리며 조바심치는 모습을
상기하고 있다. 이제는 돌아가서서 봉분에 얹힌 흰 눈만 보아도
사무치게 그리운 어머님이다.

살이 빠져 광대뼈가 돋보이던
늘그막의 얼굴이 세월이란 이름하에
제게서 피어납니다

화를 참지 못하는 불같은 성품
교양이란 이름하에
가슴 깊은 곳에서 들끓고 있습니다

입은 은혜는 돌에 색이고
베푼 은덕은 흘러가는 물에 색이라고 했는데
넘쳐흐르던 당신의 공치사

당신의 손자도
과일나무같이 해거리를 했나 봅니다
빼어나게 닮았습니다

화사한 벚꽃은
금년에도 내년에도 아니 영원히
유전이란 이름하에 자자손손 피어갈 겁니다

　　－「우리 아버지」 전문

전을 부치면서도
동구 밖을 향해
기다림의

긴 목을 늘리시던
어머니

젯상에 올릴 밤을 까면서도
손주 녀석 만날 생각에
젖어 계시던
아버지

저녁노을이 아름답게 느껴지고
명절의 설렘이 사라져갑니다
꿈과 사랑
이젠 당신 곁으로 갈 시간이 다가옵니다

지난 길을 되돌아보니
모두가 가는 길이 다를 뿐
목적지는 같은 곳임을
이제야 알 듯 합니다

당신의 눈 속에서 크고
당신의 품속에서 자란
못난 이 아들, 차디찬 산소 앞에서

눈물 그렁그렁 인사 올립니다

–「부모님 전상서」 전문

김 시인의 아버지에 대한 추억은 위의 시 「우리 아버지」에서 잘 드러난다. 인간세상에서 참 신기한 게 유전이란 이름의 닮은 꼴이다. 성격도 얼굴도 나쁜 버릇까지도 욕하면서 닮는다는 속 담처럼 어쩔 수 없는 게 인간사다. 살이 빠져 광대뼈가 드러나는 얼굴이라든지, 화를 참지 못하는 불같은 성품, 공치사를 잘 하시 던 모습 등이 해거리하는 과목처럼 아들인 자기를 거쳐 손자에 게까지 이어져 빼어나게 닮았다는 고백이다. 역시 핏줄은 못 속 이고 피는 물보다 진한가 보다.

그런 만큼 핏줄에 대한 사랑만큼은 더 강해서 「부모님 전상서」 는 성묘를 가서 눈물로 부모님께 올리는 자식의 고백이다. 명절 이면 어머님은 이제나 저제나 오는지 손주 기다림에 애타고, 아 버지 역시 젯상에 올릴 밤톨을 깎으면서도 손주 생각에 설레는 모습을 반추하고 있다.

화자는 이러한 꿈과 사랑도 흘러 자신도 당신들 곁으로 갈 만 큼 늙어버린 세월을 안타까워하고 있다. 결국 인생의 종착역인 죽음의 길은 피할 수 없다는 깨달음이다.

흙먼지 날리던 거리
새 옷, 아스팔트를 입고
번쩍이는 자랑이 한창이다

추운 겨울날에는 더 그리워지는

막걸리 사발가에 묻었던
아버지 엄지손가락 지문

등짐무게를 감당하기 힘든 열두 살의 소년
견디지 못해 목을 앞으로 길게 늘이고
산길 따라 타박타박 백리 행상길

더늠이 잃은 울 아버지와 형틀
피멍이든 어린 어깨에 기댄 채
형틀에 꼭꼭 묶여 움직일 수 없는 손과 발

후벼 판 전쟁의 상처가 아물 즈음
구부러진 허리 펴보니
아름다운 저녁노을이
앞을 막고 다가선다

더 갈 곳이 없다고

－「평택시 서정리 장마당」 전문

  김 시인의 고향은 경기도 평택시 칠원리이고, 서정리는 오일장
이 서든 곳이라고 한다. 지금은 도시화 되었지만 필자가 옛날 서
울을 오가며 보던 서정리는 낭만적인 시골 기차역으로 기억난다.
  「평택시 서정리 장마당」은 6·25 혼란의 와중에 열두 살의 어린
나이로 무거운 등짐을 지고 100여 리 행상길을 오가던 김 시인의

가슴 아픈 추억담이다. 가족사를 자세히 알 순 없지만 '더듬이 잃은 아버지와 형들', '형틀에 꼭꼭 묶여 움직일 수 없는 손과 발' 등으로 미루어, 피치 못 할 사정으로 막다른 곳에 이른 가족의 생계를 시골장 마당에서 행상으로 도와야 했던 가난신고의 역정이 그려져 있다. 산문이 아닌 시라서 행간에 축약돼 있지만, 6·25전쟁의 상처와 눈물의 역경이 한편의 드라마다.

「피붙이들에게」는 '가지마다 휘어지게 열린 감/얽힌 이야기 나목 되어 줄줄이 누웠는데', '열매만을 원하는 피붙이들은 시도 때도 없이 시린 손 염치없이 벌이는 세대'를 꼬집고 있다. 말년을 위해 얼기설기 어설픈 인연은 접겠다는 「인연 끊기」도 같은 계열의 작품이다. 불교에서 말하는 인연은 억겁을 만나야 이루어질 만큼 소중하며 12연기설로 말해진다. 전생의 업보 때문이라고도 하지만 이승의 인연 만들기도 자기 할 탓이다. 선인선과(善因善果), 악인악과(惡因惡果), 자인자과(自因自果)이기 때문이다.

「하늘에 띄우는 편지」는 아마도 첫사랑이었을 듯한 옛 여인 '갈림길에서 나를 버리고 다른 선택을 한 여자'이다. 이 작품은 이제는 할머니가 되었을 곱디고운 추억의 소녀에게 띄우는 부치지 못할 연서이다. 「옛 사람」, 「봉숭아에게」, 「편안한 사람」도 같은 맥락의 작품이다.

김 시인의 인간에 대한 관심과 따뜻한 시선은 가족 뿐 아니라 주변 사회적인 이슈로도 확장된다. 「어느 광부의 손」은 탄광의

막장인생으로 진폐증에 시달리면서도 가족들의 생계와 자식들의 교육을 위해 최선을 다하는 소시민의 애한을 '피멍이 든 손바닥의 애환의 역사', '세상에서 가장 아름다운 손', '천사의 날갯짓' 등으로 표현하며 따뜻한 시선으로 찬미하고 있다.

「임종을 앞둔 사돈께 드리는 답글」에서는 생사의 갈림길에서 사투하는 사돈께 눈물로 드리는 위로의 글이다. 「임을 보낸 빈자리에서」는 '어둠을 밝혀주는 촛불', '욕망으로 얼룩진 세상 씻어주는 소금', '짙은 안개 거두는 아침 햇살'로 선종하신 김수환 추기경을 추모하는 글이다.

「꽃제비, 진혁이의 꿈」은 동토의 북한 땅에서 굶주리며 '꽃제비'로 비참한 생활을 하던 당시 7살 김진혁 군의 이야기다. 김정은 철권통치인 지금도 식량난이 나아질게 없지만 과거 소위 '고난의 행군시절' 수백만 명이 굶어죽던 북한의 참상은 말로 다 할 수 없다. 그 과정에서 부모 잃은 떠돌이 꽃제비들이 생겼고 그 와중에서 진혁이는 운 좋게 구출돼 동남아를 에돌아 대한민국 조국의 품에 안겼다.

2014년 1월 31일 저녁 모 방송사 설날특집 프로에 2부작으로 제작되어 한국의 초등학생으로 새 삶을 살고 있는 꽃제비 김진혁의 군의 뭉클한 얘기가 방영되었다.

4. 자아와 행복 찾기, 자유인의 세상구경

제4부 어디 가느냐고 묻지 말게나에 실린 기행시 17편은 김 시인이 전문 여행가로서 '자아와 행복 찾기'로 국내와 세계 곳곳을 누빈 족적들이다. 여행은 여가로 즐기는 미지의 풍물체험이기도 하지만 무료한 일상의 활력소가 될 또 다른 자아 찾기의 일환이다. 누구나 마음은 간절해도 여가가 없어서, 돈이 없어서, 건강이 허락지 않아서 뜻대로 안 되는 것이 또한 여행이다.

지금은 여행자유화로 해외여행이 보편화 된데다 여행정보도 넘치지만, 옛날에는 김찬삼 선생의 『세계여행전집』이나 한비야 선생의 세계여행기 등이 베스트셀러일 정도로 세계여행은 청소년과 소시민들의 로망이었다.

김 시인은 직장생활과 여가 틈틈이 가진 여행은 물론 50세부터는 아예 직장과 생업을 접고 10여 년 본격적인 세계여행을 했을 정도의 마니아다. 그 결실은 『매혹의 나라 신비의 사람들』이란 여행기로 결실을 보았다. 그만큼 김 시인은 미지의 세계에 대한 동경과 '자아 찾기'에 대한 열망이 강했다는 반증이다.

「슬로우 시티, 청산도」, 「진부령 황태덕장」 등 국내 여행시가 몇 편 실려 있지만 생략하고, 외국 기행시 몇 편을 살펴본다.

중국 사천성을 기행한 「아침 청석교 시장풍경」은 미나리, 양파, 배추 등을 허옇게 벗겨 팔거나 황소개구리, 자라, 뱀 등 보신

동물로 좌판을 벌인 아침시장의 진풍경을 그렸다. 「계림기행」은
중국 계림의 관암동굴을 뱃길로 구경하며 기기묘묘한 종유석의
비경을 찬탄한 글이다.

> 가난이 슬픔으로 밀려온다
> 씨아누크, 론놀, 폴폿, 훈쎈
> 누가 땅바닥에 엎지른 물이기에
> 저리도 황토색이 짙게 튀는가
> 먼지 짙은 한낮의 길
> 맞은편 전조등이 깜박이고
> 길섶 부처님 얼굴에 찍은
> 붉은 연지 곤지
>
> 건기에 메기가
> 논바닥에서 퍼뜩 퍼뜩 튀듯
> 야무진 내일의 꿈은 잊었는가
> 캄보디아의 가슴앓이
>
> -「그 땅의 슬픔」 전문

　필자를 비롯해 캄보디아를 여행해 보신 분들은 알겠지만, 지구
상에서 가장 불행하고 가난과 절망으로 가득한 나라가 캄보디아
다. 12~13세기부터 약 500여 년간 베트남과 라오스, 태국 등 동남
아 전체를 호령하며 크메르제국의 영광을 과시하던 이 나라가 세

계 최빈국으로 전락한 것은 공산 크메르루즈 폴포트 정권이 저지른 만행 때문이다.

크메르루즈는 당시 800만 인구 중 공무원, 승려, 부자, 교사 등 지식인만 골라 인구의 3분의 1인 약 300만 명을 학살함으로써 킬링 필드의 지옥을 연출한 장본인들이다. 세계 7대 불가사의 중 하나인 앙코르왓트 유적을 남긴 용맹하고 지혜로운 문화민족이 '오빠! 미남! 원달러!'를 구걸하는 최빈국이 되었으니 새삼 국가의 운명과 지도자의 자질을 생각하지 않을 수 없다. 시아누크, 론놀, 폴포트, 훈센총리 등으로 정권이 바뀌었다고는 하지만 빈곤과 질병으로 열악한 교육은 물론이요, 지식인이 없어 공직자들조차 베트남인에 의지할 정도의 최약소국이 되었다. 크메르인이 숭배하던 그 많은 힌두신들과 부처님은 이를 외면하고 어디서 낮잠을 주무시는가. 김 시인 역시 캄보디아의 가난한 현실과 절망에 가슴 아파하는 시이다. 「신비의 나라, 말레이시아」는 사계절 중 여름만 있고 봄, 가을, 겨울이 맛보기로 실종된 상하의 말레이시아 기행시이다.

고요를 삼켜버린 바이칼은
멀리 뻗어 바다 같은 호수를 이루고

물안개 속 헤치며 작은 배 하나
미끄러지듯 수평선을 넘는다

수수만년 아무 말 없이
넓고 깊은 길 흘러온 너는
어머니 품

그 품에 싸여
단잠에 들겠네
태고의 빛 바이칼이여

　－「바이칼 호수」 전문

　바이칼은 바다 같은 내륙 호수이다. 광활한 면적도 면적이지만
맑고 푸른 물과 우리 민족의 북방 발원지로도 일컬어지는 곳이
다. 에벵키족의 샤만이나 매장풍습 등에서 신라금관 등 스키타이
기마민족의 풍습이 전해졌다는 신비의 곳이기도 하다.
　김 시인은 수수만년 말없이 흘러온 태고의 바이칼호를 보고 그
품에 안겨 단잠에 들겠다는 소회를 밝히고 있다.

천연 동굴 안에서 몸이 묶인 채
한 눈을 감고 방아쇠만 당긴다

갈 곳을 잃은 병사들은 꽃잎이 되어
만세 절벽에 몸을 날린다

푸른 바다에 눈이 시려 원혼은

갈매기 등에 얹힌 채 남태평양을 떠돌다가

녹슨 군함의 물고기 떼가 되어
어릴 적 고향 하늘, 한반도를 그린다

한 뼘 남의 땅에 욕심이 없었던 조선의 학도병
위령탑만이 쓸쓸히 바다를 지킨다

아직도 일본은 헛소리만을 되뇌고 있는데

―「사이판 마나가하 섬」 전문

　사이판은 지금은 세계적인 여름 관광휴양지로 유명해졌지만, 제2차 세계대전 당시 일본군의 보루로 막대한 희생을 치른 비극의 땅이다. 대전 말기 연합군의 반격에 맞서 일본군이 최후까지 저항하다 천황만세를 외치며 전원이 절벽에 투신한 마나가하 섬이 있다. 이곳에는 일본군의 학도병으로 끌려가 어릴 적 고향하늘과 부모님을 애타게 그리며 죽어간 조선 학도병의 위령비도 있다.

　헐벗은 절벽산 계곡에
　점점이 쌓인 모래는
　양이 물어다 놓았다 해서
　라사라 한다네

한낮 모래비는
눈을 감겨오고
발목을 조여 오나
가시보라 꽃만이 땅을 지키고

목 쉰 야크마저도
푸른 하늘 쳐다보며
조국의 자유
울음을 삼킨다

드높이
날개 편 독수리
두고 온 산하를 돌아보며
젖은 날개 접는다

복 받은 내 하늘 아래서
여기까지 걸어온 나의 발걸음
척박한 티베트를 딛고

나, 여기서 뛰고 있다

—「라사의 하늘 아래서」 전문

「라사의 하늘 아래서」는 지금은 중국영토로 편입돼 분리독립
투쟁을 벌이는 티베트의 성지 라사를 방문하여 읊은 시이다. 달

라이라마는 세계적인 티베트 종교지도자이지만 나라 잃은 망명객이 되었고, 분리독립운동에 대한 무자비한 중국의 탄압이 계속되고 있다.

이와 함께 중국정부는 서북 내륙개발과 중화민족, 티베트인과의 동화정책의 하나로 서북 고속철도를 건설해 개통하기도 했다. 깎아지른 절벽 언덕에 세운, 양이 물어 나른 모래라는 뜻을 가진 라사의 포탈라궁전은 장엄하지만 나라 잃은 약소민족 저항의 슬픔은 비극 속에 인명피해를 늘리고 있다. 이에 비하면 복 받은 나라 대한민국에서 라사에 온 김 시인의 발걸음은 날아갈 듯 경쾌하다.

목화 나무 빨간 꽃에 앉아
짖어대는 까마귀 소리도
독경이 되어 아침을 열어주고

어린 소년의 흐느적거리는 목놀림
어설픈 아리랑의 연주 소리
인도의 아침이 포옥 익어간다

−「날은 새고」中

이 작품은 인도의 명물 타지마할 가는 길에 본 주변풍경을 그리고 있다.

페루 잉카는 파아란 잉크 물을
호수에 풀어 놓고
태고의 안데스
깊은 숨을 들이 마신다

하늘도 파랗게 갇혀
흰 구름이 부르는 노래

긴 잠을 자는 만년설
정상에 박힌 채
움직일 줄 모르고

잉카와 스페인 병사의
쫓고 쫓기는 기마병의 말굽 소리
지금도 계곡을 흔든다

－「잉카의 호수」 전문

안데스의 만년설에는 미라가
깊은 잠결에도
단단히 동여매는 구름띠

멍석을 깔아 놓은 듯
푸르름이 물결치는
감자꽃들의 행렬

푸른 바다에
하얗게 피어난 목화꽃 송이
구름바다가 춤을 춘다

양 옆에 두 날개 달고
나, 신선이 되어
구름 속을 날고 있다

-「꾸스꼬 평원」 전문

세계 7대 불가사의 중의 하나인 페루 고산지대의 마추픽추로 상징되는 페루 잉카문명은 남아메리카의 선주민문화이다. 그러나 남미 원주민과 스페인 정복자들 간의 전쟁은 잉카인들의 패배로 인해 식민지로 전락하고 잉카문명도 종언을 고했다. 마추픽추를 건설했던 잉카왕국의 갑작스런 몰락은 천재지변, 질병 때문이라는 둥 그 원인은 아직도 수수께끼다.

고산연봉 만년설을 끼고 태고의 신비를 간직한 에메랄드빛 잉카호수와 원주민들의 감자꽃 풍경, 스페인 기마병의 말발굽 소리가 화자에게는 지금도 들리는 듯하다. 마음은 있어도 여러 가지 여건상 선뜻 가기 어려운 남미의 풍정들은 신비롭기만 하다.

맺는말

지금까지 우리는 김원호 시인의 작품세계를 종심소욕 자유인의 자아성찰과 고독, 굴곡진 가족사와 인생의 편린들, 자아와 행복찾기, 자유인의 세상구경 등 세 단락의 주제로 나누어 살펴보았다. 지덕체를 갖춘 김 시인의 성품과 더불어 곡절 있는 가족사, 인생론, 전문 여행가로서 여행풍물시 등이 전개되고 있다.

대다수의 작품들이 현학적인 수사법과 은유, 상징보다는 가족과 인간사, 사물 천착 위주의 인생론적인 시들이어서 쉽고 편하게 읽힌다. 그 속에는 70대 중반의 김 시인이 느끼는 노인적 감회와 자아성찰 등 원숙한 사유의 흔적들을 볼 수 있었다. 서두에서 정의한대로 이 시집은 '종심소욕 자유인의 인생백서' 임을 새삼 확인할 수 있었다.

'종심소욕 불유구' 는 70대가 되면 마음이 하고자 하는 대로 하여도 법도에 어긋남이 없다는 공자님의 말씀이다. 앞으로도 김 시인이 노년의 행복과 평안을 누리기를 기원하며, 그의 작품세계가 또 어떻게 발전하며 전개될 지 큰 기대를 걸어본다.